¿Para qué usas
la lengua?

¿Para qué usas la lengua?

2

OJITOS
PAJARITOS

TEXTO DE   ILUSTRADO POR
M. Carmen Sánchez   Jonathan Farr

En bocas, picos y hocicos se esconden.
Son largas, cortas, grandes, chicas, flacas,
gordas, rasposas, lisas, puntiagudas,
pegajosas, rosadas, rojas y negras.

La lengua tiene unos puntitos
para reconocer el sabor de
las cosas: dulce, salado,
amargo o agrio.

El doctor pide que se la enseñes,
pues en ella puede
descubrir enfermedades.

Es muy grande y nos da leche.
Su lengua larga y gorda
asemeja una gran pala;
con ella junta el pasto
que mastica sin descanso.

Es delgada, con escamas
y se arrastra por el suelo.
Su lengua, larga y fina,
con dos puntas afiladas,
los olores le ayuda a distinguir.

Después de mucho correr
con su peludo abrigo a cuestas,
acalorado, sin poder sudar,
saca la lengua para poderse refrescar.

Pequeño y ligero
bate sus alas sin parar.
Dentro de su largo pico,
su lengua, un delgado cepillito,
junta la miel que las flores le regalan.

Después de tomar la siesta
su lengua rosa y rasposa
pasa por todo su cuerpo;
lo hace tantas veces
que queda muy fatigado,
por eso es que nuevamente
¡a dormir se ha echado!

¡Cuántas formas, cuántos usos
la lengua puede tener!
Nos ayuda a comer, y a muchos
también les permite sentir el calor
o el frío, y descubrir sabores,
texturas y olores.

Hay quienes también usan su lengua
para hablar, chiflar y cantar...

Aquí hay animales que usan
la lengua para lo mismo.
Únelos en parejas.

Primera edición: 2007

Sánchez Mora, María del Carmen
   ¿Para qué usas la lengua? / María del Carmen Sánchez Mora;
ilus. de Jonathan Farr. —México: FCE / Dirección General
de Divulgación de la Ciencia-UNAM, 2007,
32 p.: ilus.; 18 × 18 cm— (Colec. Ojitos Pajaritos)
ISBN 978-968-16-8366-5

   1. Literatura Infantil I. Farr, Jonathan, il.
   II. Ser. III. t.

LC PZ7   Dewey 808.068 S724l

Distribución mundial

Comentarios y sugerencias:
librosparaninos@fondodeculturaeconomica.com
www.fondodeculturaeconomica.com
Tel. (55)5449-1871. Fax (55)5227-4640

▦ Empresa certificada ISO 9001:2000

Editores: Miriam Martínez y Juan Tonda
Coordinación editorial: Rosanela Álvarez y Eliana Pasarán
Diseño: Gil Martínez

ISBN 978-968-16-8366-5

Impreso en México / *Printed in Mexico*

¿Para qué usas la lengua?
se terminó de imprimir y
encuadernar en abril de 2007
en los talleres de Impresora y
Encuadernadora Progreso,
S. A. de C. V. (IEPSA)
Calzada San Lorenzo 244,
Paraje San Juan, C. P. 09830,
México, D.F.
El tiraje fue de
5000 ejemplares.